ÉPITRES

POLITIQUES,

DÉDIÉES

A LA JEUNESSE FRANÇAISE,

Par Mʳ A****. J***.

Prix : 2 fr.

PARIS,

CHEZ LES MARCHANDS DE NOUVEAUTÉS.

1831.

ÉPITRES

POLITIQUES,

DÉDIÉES

A LA JEUNESSE FRANÇAISE,

Par Mr A****. J***.

Prix : 2 fr.

PARIS,

CHEZ LES MARCHANDS DE NOUVEAUTÉS.

1831.

PRÉFACE.

CES Épîtres seront bientôt suivies d'un Ouvrage d'une assez grande étendue; j'y retrace les diverses phases de la Révolution Française; j'y peins Mirabeau comme Orateur, comme Homme d'état, et le mets en parallèle avec les Démosthènes, les Cicéron, les Barnave, les Vergniaud, les Manuel, les Foy, les Benjamin Constant, les Burke, les Schéridan, les Fox, etc., vaste tableau que j'entremêle de réflexions sur le Gouvernement représentatif dont j'essaie de présenter une théorie exacte et lumineuse.

Ce gouvernement est le meilleur de tous, lorsqu'il est réel, et qu'il repose sur un bon système d'élection : autrement, il est la plus vicieuse des combinaisons politiques, parce qu'il légalise l'arbitraire, la violence, les dilapidations, et la fraude.

L'Auteur des Pamphlets politiques se sert, pour exprimer cette vérité, d'une comparaison triviale, mais juste et frappante. Louis XVIII est censé écrire au Roi d'Espagne :

« Vos Cortès vous ont dégoûté des assemblées délibérantes;
» essayez-en, mon Cousin, et vous m'en direz des nouvelles;
» vous verrez bientôt que vos Indes, vos galions, votre Pérou,
» étaient de pauvres tire-lire au prix de cette invention-là, au prix
» d'un budget voté par de bons Députés. Ce sont des représen-
» tations à notre bénéfice. Tenez, une comparaison va vous
» rendre cela sensible : La pompe foulante . . . mieux encore,
» la machine à vapeur qui donne chaque minute un potage gras,
» lorsqu'on la sait gouverner, mais éclate et tue, si vous n'y
» prenez garde; il ne s'agit que de chauffer à point, ni trop,
» ni trop peu; chose aisée, cela regarde nos ministres, et le
» potage est un milliard. »

Il n'y a qu'à lire l'histoire du règne de Louis XVIII, pour se convaincre de la justesse des réflexions de Courrier.

On fait un mérite aux Bourbons d'avoir les premiers introduit en France le système représentatif; mais avec quel autre cette famille aurait-elle établi des impôts si considérables? Une chambre constamment faussée lui permit d'étouffer la voix des opprimés, de voter la guerre d'Espagne, un milliard pour l'émigration, d'exclure l'illustre Manuel, de faire peser en un mot sur la France un joug de fer, sans qu'elle eût en quelque sorte le droit de se plaindre, puisque c'étaient ses représentants eux-mêmes, ou soi-disant tels, qui imprimaient à ces mesures désastreuses et attentatoires à nos intérêts, à la dignité nationale, une apparence de légalité. Louis XVIII s'est-il abstenu d'un seul acte arbitraire? A-t-il trouvé une opposition sérieuse et compacte à ses desseins machiavéliques, à ses vengeances cruelles? Non; la Chambre a sanctionné tout; et si le courageux d'Argenson n'avait pas invoqué l'humanité en faveur des religionnaires du midi; si Manuel, Foy, Labbey de Pompière et quelques autres Tribuns vertueux n'avaient pas protesté contre les actes de chambres corrompues et passionnées, une tache indélébile couvrirait la France.

Passons rapidement en revue les principaux faits de ce règne de sang.

Les Ney, les Labédoyère, les Chartran, les Mouton Duvernet, les frères Faucher de la Réole avaient été sacrifiés à la rage d'un parti, à la vengeance des Étrangers. Blücher, Wellington s'étaient rassasiés de ce sang généreux.

Ce n'était pas assez de ces illustres victimes, il fallait un sang obscur; les conspirations étaient nécessaires pour consolider par la terreur des supplices un pouvoir odieux; on lança des agens provocateurs; Lyon, Nismes, Grenoble, virent dresser les échafauds. Des ouvriers aigris par la misère furent en butte aux séductions de tout genre : on exploita leur ignorance, on échauffa leur imagination crédule : ô trop barbare machiavélisme! ces infortunés sont bientôt plongés dans des cachots; on écarte des interrogatoires le monstre qui les a précipités dans l'abîme; et des têtes et des poings coupés roulent sur la place de Grève, et glacent de terreur toutes les âmes.

Ils existent encore les auteurs de ces assassinats juridiques; les monstres! ils osent de leur bouche impure proférer les noms sacrés de liberté, d'humanité, de patrie; ils osent encore rêver le pouvoir, eux qui devraient invoquer l'oubli!

A Pleignier, Tolleron, Carbonneau, succèdent Borie, Raoulx, Goubin et Pommier, intéressans jeunes gens, pleins de courage, de candeur, de patriotisme. Toutes les formes sont violées dans leur jugement. Le général Despinois, leur accusateur, n'est point entendu, n'est point confronté avec eux.

Tous s'accordaient à croire qu'ils obtiendraient grâce; que Louis XVIII signalerait son règne par un facile acte de clémence qui n'en eût été un qu'aux yeux du vulgaire, puisque les quatre sergens avaient été entraînés, qu'on avait abusé de l'ardeur naturelle de leur âge, qu'on les avait entourés d'espions, d'agens provocateurs; mais illusion cruelle! ces quatre infortunés marchent à la mort. Quel spectacle affreux pour tous les citoyens! Quel jour de deuil! L'impression en sera ineffaçable.

Et que dire de ces nouveaux Jeffries, de ces nouveaux Laubardemont, qui envoyaient froidement au supplice des adolescens, servaient d'instrumens dociles au pouvoir le plus lâche et le plus sanguinaire, et, à chaque condamnation capitale, voyaient augmenter leur fortune, étaient comblés d'honneurs et de titres, recevant ainsi le prix du sang! Voilà les hommes que l'Histoire doit flétrir; pour lesquels son burin doit être inexorable. Sans doute la poussière de l'homme est sacrée; mais est-ce celle des brigands couronnés, des assassins revêtus de la toge, ou des militaires dont les mains ne sont teintes que du sang de leurs concitoyens?

Les flatteurs ne manquèrent pas à Louis XVIII ; un seul homme, Béranger, ce poète vraiment national, a flétri la mémoire d'un roi parjure et cruel. Voyez *Octavie* et *L'Épée de Damoclès*.

Qu'il est doux de rencontrer de tels hommes qui ne rampent point devant la puissance, pour qui le malheur est sacré, et dont le courage méprise les fers, l'exil et la mort, lorsqu'il s'agit de défendre l'innocence et la faiblesse !

Puissent mes faibles opuscules rappeler quelques-unes des inspirations généreuses de Béranger! Puissent-ils élever les ames et les embraser du saint amour de la patrie et de la vertu ! ·. . .

ÉPITRE

A

MIRABEAU.

———

Démosthènes moderne, alors ô Mirabeau!
Que du patriotisme allumant le flambeau,
Tu nous embrasais tous de ses plus vives flammes;
Quand tes nobles discours électrisaient nos ames,
Qui l'eût dit que bientôt les derniers des mortels,
D'une main sacrilége abattraient tes autels?
L'outrage est dédaigné par ton ombre sacrée;
Mais s'il ne peut t'atteindre, ah! la France éplorée,
Veuve de tes vertus, de tes mâles talents,
Se doit de te venger d'ennemis insolents.

Tous se sont affranchis d'une longue tutelle;
A son gothique char le despotisme attelle
Quelques adorateurs vieillis dans le mépris,
Qui n'ont rien oublié, comme ils n'ont rien appris.
On cesse d'encenser l'orgueil du diadême :
Loin, mots ambitieux de puissance suprême,
De pouvoir absolu de Dieu seul émané,
Qu'en voulant rendre saint, on n'a que profané.

Cette liberté chère à peine est-elle née,
Que de périls sans nombre elle est environnée;
De toutes parts contre elle on ourdit des complots,
On veut que, sous son nom, le sang coule à grands flots,
On lui veut immoler des victimes humaines :
Viens, fort de l'ascendant de tes vertus romaines,
Mirabeau! que la foule attentive à ta voix,
Courbe un docile front sous l'heureux joug des lois.

Le voilà donc ce code, ouvrage impérissable ;
Le sens n'en saurait être obscur, insaisissable;
Expression des vœux de la société,
Il nous frappe d'abord par sa simplicité.

L'État doit de chacun respecter la fortune,
Religieux dépôt, mis sous la foi commune :
Mais la nécessité!... prétexte trop banal!
Que l'honneur soit toujours notre unique fanal.

Du moindre citoyen l'asile domestique
Doit être inviolable; ainsi dans Rome antique,
On sommeillait en paix sous le toit paternel :
Étiez-vous accusé? dans un lieu solennel,
Vous paraissiez, suivi des flots d'un peuple immense.
On ne vous parlait point d'une absurde tendance;
Jamais de vos discours, du haut d'un tribunal,
On ne tordait le sens par un art infernal;

Vous répondiez sans crainte ; et les juges à Rome,
Pour ses opinions ne condamnaient point l'homme.

Quoi ! des bras d'une épouse, on ose m'arracher !
Entre de vils licteurs, on m'oblige à marcher !
Nul ne vient recueillir mes larmes solitaires,
Je n'ai de mes soupirs aucuns dépositaires ;
Et la religion qu'invoque l'homme en deuil,
Des cachots ténébreux ne peut franchir le seuil !

Aujourd'hui, Mirabeau ! plus d'un triste pygmée,
Cherchant à rabaisser ta haute renommée,
Aux institutions dont tu fus créateur
Oppose un code atroce et surtout corrupteur.
Quel sens insidieux ! quelle perfide adresse !
A la simplicité quels piéges l'on y dresse !
Le mortel le plus pur s'y trouve enveloppé :
D'un invisible bras vous vous sentez frappé.
Au temple de Thémis que souille sa présence,
Un lâche délateur court traîner l'innocence.
C'en est fait, que pourraient quelques cœurs indignés ?
Les autres sous le joug sont muets, résignés.

Vous, mânes d'un grand homme, ô mânes vénérables,
Vous devez en frémir ; des hommes exécrables,
Sous le malheur commun paraissant abattus,
Feignent de regretter les publiques vertus,

D'élever jusqu'au ciel la gloire plébéienne
Et de plaindre nos preux, noblesse citoyenne.
Tel, pour mieux réussir, infâme suborneur,
Fait rayonner sur lui l'étoile de l'honneur.

Apparais, comme aux jours où forçant notre hommage
De l'Hercule gaulois tu nous offrais l'image ;
Où ta rare éloquence, en son brillant essor,
Nous tenait attachés par mille chaînes d'or.
Maintenant tu n'es plus qu'une froide poussière,
Mêlée aux élémens, à leur masse grossière.
Que ne peux-tu renaître ? et dans ce même lieu,
Où l'œil étincelant tu semblais presque un dieu,
T'écrier : qu'as-tu fait de ta gloire première,
Toi de qui jaillissaient des torrens de lumière,
O France ! ton éclat s'est enfin effacé;
Sans honneur à tes pieds gît ton sceptre abaissé.

Quoi ! l'on ose, insultant à la France opprimée,
De Louis sur le crime asseoir la renommée,
Et la délation, fière d'un vil métier,
Reçoit le prix du sang, avec un front altier !

On veut associer par des nœuds adultères,
Les intérêts humains aux plus sacrés mystères:
De la religion les prétendus vengeurs,
Qui sont-ils ? des bourreaux, d'atroces égorgeurs.

Contre des malheureux que de trames ourdies !
Quel odieux tissu de noires perfidies !

Lyon, Nismes, Grenoble, ô vous tristes cités,
Je vois par des brigands vos murs ensanglantés ;
On fait des criminels d'un peuple trop crédule.
Devant aucun forfait le pouvoir ne recule !

Intéressans jumeaux, de tous abandonnés,
Par des Laubardemont vous êtes condamnés ;
Un vil peuple vous suit, poussant des cris de rage ;
Il insulte au malheur, il insulte au courage.
Dans les bras l'un de l'autre enlacés fortement,
Vous recevez la mort dans le même moment.
Modèles d'amitié, d'union fraternelle,
Ensemble vous entrez dans la nuit éternelle !

Illustre maréchal, intrépide guerrier,
Ton cœur vient d'être atteint par un plomb meurtrier.
Vainement une sœur, une épouse éplorées
Se meurtrissant le sein, pâles, désespérées,
Se flattent d'adoucir d'implacables mortels ;
De la miséricorde on brise les autels.

T'osera-t-on frapper, jeune Labédoyère ?
Ta vieille mère en deuil, ta mère octogénaire
S'avance ; elle fléchit sous ses genoux tremblans :
« Au nom de ma faiblesse et de mes cheveux blancs,

» Dit-elle, de mon fils ne tranchez point la vie,
» Ou la mienne bientôt va m'être aussi ravie. »
Mais Louis se détourne ; à ce touchant aspect,
Lui seul n'est point saisi de pitié, de respect.

Chartran, tu n'es donc plus ! infortuné Bonnaire,
On ose te punir d'un crime imaginaire !
Conduit par des licteurs, par eux agenouillé,
On t'abreuve d'affronts, ô soldat mutilé !
Ah ! tu ne pus survivre au plus sanglant outrage :
Ces croix que tu gagnas dans les champs du carnage,
Ce glaive teint du sang de nos fiers ennemis,
Dans de profanes mains malgré toi sont remis.

Magnanime Vallée ! avant qu'on t'assassine,
Détache ce ruban de ta noble poitrine ;
Qu'il passe dans ton sein, y soit enseveli :
Par un contact impur il serait avili.

Guerrier juste et sensible, à ta voix révérée
S'était tû la discorde ; une classe égarée
Abandonnant le soc, aiguisant les poignards,
De quelques forcenés suivait les étendarts.
Tu ne veux rien devoir à la terreur des armes :
L'image de nos maux, de la patrie en larmes,
D'hommes simples et vrais touche l'âme, et soudain
Le parricide fer s'échappe de leur main.

De pacificateur tu méritas le titre.
Eh! quel vil tribunal s'est établi l'arbitre
D'une vie aussi pure et pleine de candeur ?
Qu'il met à se venger une cruelle ardeur!

Le fer des assassins à tes yeux étincelle,
O Brune!... en est-ce fait? ô perte universelle!
Ta veuve en vain partout promène ses douleurs,
Hélas! nous ne pouvons lui donner que des pleurs.

L'œuvre d'iniquité sera donc consommée,
Infortuné Caron! dans les rangs de l'armée,
O honte! on trouvera d'infâmes délateurs,
Épiant la faiblesse, agens provocateurs.
Par eux seuls enlacé dans un réseau perfide,
Tu tombes; de ton sang que l'on se montre avide!
Des bras de ton Alfred, de ses bras enfantins
On t'arrache; ce n'est qu'à ses tristes destins
Que tu donnes des pleurs: d'un œil tranquille et ferme,
O Caron! de tes maux tu vois venir le terme.

Duvernet! du tyran tu ressentis les coups ;
Ton épouse, ta fille embrassent ses genoux,
Les baignent de leurs pleurs: *non*, dit-il, *point de grâce,*
La mort, la mort!! Il faut que justice se fasse!

Mais qui vient de commettre un plus lâche attentat?
Modeste Liancour, bienfaiteur de l'État,

Toi dont le souvenir doit être impérissable,
O rage frénétique ! ô honte ineffaçable !
A tes restes mortels le crime ose insulter...
Dans ton dernier asile on allait te porter,
Cent mille citoyens à ta pompe funèbre
Assistent recueillis ; c'est moins l'homme célèbre
Que l'homme juste et bon, qui d'eux est honoré ;
Eh bien ! des scélérats pour qui rien n'est sacré
Renversant ton cercueil, te traînent dans la fange ;
Le parti-prêtre ainsi de la vertu se venge,
Plein de fiel, se targuant d'un faux zèle pour Dieu,
Il sourit au tableau de nos villes en feu.

Faut-il que, lorsqu'un peuple et plus calme et plus sage
Des révolutions a fait l'apprentissage,
Que pilote prudent il connaît chaque écueil,
Le despotisme affreux, du fond de son cercueil,
Surgisse, et loin du port, au milieu des orages,
Nous lance sur des mers fécondes en naufrages !

On fit les premiers jours de timides essais ;
Plus hardi, l'on marcha de succès en succès.

Du despotisme on peut suivre la marche lente ;
Il ne lève que tard une tête insolente :
D'abord faible, il se glisse à replis tortueux,
Il éloigne de lui les mortels vertueux,

Il divise, il corrompt; bientôt plus téméraire,
Il foule aux pieds les lois; et dans leur sanctuaire,
Il s'assied entouré d'avides proscripteurs;
Alors plane sur tous la hache des licteurs.

On dévore ses pleurs, dans un silence sombre,
Des noirs suppôts du crime on calcule le nombre ;
Chacun craint qu'on n'ait lu qu'il couve dans son sein,
Nouvel Harmodius, un généreux dessein.

Quelques tribuns du moins à cette ignominie
S'opposent en luttant contre la tyrannie.
Nouveau Cincinnatus, l'un cultive ses champs;
De bonne heure il montra d'héroïques penchants :
Au cri de liberté son ame électrisée
La jugea pour l'Europe une conquête aisée.
Terre de Washington, dès ses plus jeunes ans
Tu le vis se mêler parmi tes combattans.

L'autre de l'éloquence étale les miracles
Et fait de la sagesse entendre les oracles.
Déjà la pâle mort lève sa faulx sur lui,
Nos pleurs sont vains, déjà son dernier jour a lui.
O Camille Jordan! ô mortel adorable!
Tu n'es plus! quel espoir demeure au misérable ?
Qui soutiendra le faible, et du sang innocent
Ira demander compte au coupable puissant ?

De ce grand citoyen, ô toi l'ami fidèle,
Toi l'ami le plus cher, quand l'offrant pour modèle,
Dans le champ du repos ton organe inspiré
Lui payait un tribut douloureux et sacré,
Que tu vis d'orphelins, de veuves et de mères
Associer leur deuil à tes larmes amères !

O brillant Chauvelin ! j'aime tes mots heureux ,
Ton esprit à la fois flexible et vigoureux.

Au nom des lois, au nom de la philanthropie,
Bignon ! livre à l'opprobre une alliance impie.

Toi qui dès ton début te montras orateur,
Pourrons-nous de ton vol mesurer la hauteur ?
Sur d'arides détails quel magique langage !
Chaque jour mon pays reçoit un nouveau gage
De ton amour pour lui, de ta fidélité ;
Et ton nom appartient à la postérité.

Publiciste profond, émeus, convaincs, entraîne ;
Qu'avec sagacité ta raison souveraine
Qui de l'expérience acquit les lents trésors,
Marque par quels degrés, par quels secrets ressorts
L'oligarchie altière auprès du trône assise
S'élève, usurpe enfin la puissance indécise.

De La Borde ! au malheur prête un constant support ;
Par toi du repentir que l'on ouvre le port

A ces mortels plongés dans de sombres demeures
Et dont le désespoir marque toutes les heures :
Digne émule d'Howard, par la pitié conduit,
Pénètre, ange du ciel, dans leur affreux réduit.

Et toi dont chaque mot sort du fond des entrailles,
Quand de nos libertés tu vois les funérailles,
Par un dernier effort fouillant dans leur tombeau,
Tente d'en arracher quelque faible lambeau.

Sur la chaise curule, aux accens de la rage
Oppose un calme auguste, un tranquille courage,
Manuel ! à la force il te faut bien céder ;
Mais que l'on t'éleva, croyant te dégrader !
La majesté du peuple en toï parut revivre,
Et tu laissas au monde un grand exemple à suivre.

Dans un nuage épais le crime s'est caché ;
Que par toi, d'Argenson ! il en soit arraché.

D'un pacte tutélaire actives sentinelles,
Vous qui le disputez à des mains criminelles ;
Vieillard ! qui fais pâlir de modernes Verrès ;
Vertueux laboureur, toi si cher à Cérès,
Tronchon ! qui toujours pur et semblable à toi-même,
Hors du sénat reprends le soc de Triptolême ;

Vénérable Frainville, et toi qui de Plutus
As consacré les dons au culte des vertus ;
Elève de Rousseau, protecteur de sa cendre,
Qui jusqu'à l'ironie avec art sais descendre,
Et d'un trait acéré, rapide, inaperçu,
D'argumens captieux romps le frêle tissu ;
Demarçay, de Corcelle, ô députés fidèles,
Du vrai patriotisme admirables modèles ;
Kœchlin qui poursuivis de cris accusateurs
D'un stratagême affreux les lâches inventeurs ;
Vous tous nobles appuis qui nous restez encore,
De civiques lauriers la France vous décore :
Vos efforts impuissants ne nous sont pas moins chers,
Et vous tentez du moins de relâcher nos fers.

Mirabeau ! quand tonnait ta bouche prophétique ;
Le regard imposant, quand d'une chaîne antique
Tu foulais à tes pieds tous les anneaux épars ;
Quand le régne du bien naissait de toutes parts,
Déjà les factions, dans leur froide démence,
Voulaient de ta parole étouffer la semence.

Hélas ! dans le cercueil tu descendis à temps ;
Le ciel trancha le fil de tes jours éclatans,
Lorsque tout rayonnait d'espérance et de joie :
Maintenant quel tableau sous les yeux se déploie !

On fait des malheureux un commerce effronté ;
Nul asile n'est sûr, nul lien respecté ;
L'Europe est la Tauride, est cette horrible plage
Où sans distinction ni de sexe ni d'âge,
Un pontife abattait, sous les couteaux mortels,
Tous ceux qui de ses dieux embrassaient les autels.

J'ai dit : ô Mirabeau ! pardonne à ma faiblesse ;
De ton génie heureux que n'ai-je la noblesse !
Je parlerais du coup dont nous fûmes frappés,
Quand quelques preux à peine au carnage échappés
Contemplèrent l'œil morne, éteint, l'âme flétrie,
Les obsèques des lois, celles de la patrie.

Je dirais que rebelle aux ordres du pouvoir,
Un soldat-citoyen remplit un saint devoir,
En ne voulant jamais mettre une main hardie
Sur un élu du peuple ; et partout applaudie,
Sa conduite sublime a saisi de stupeur
Ce parti menaçant qui règne par la peur.

D'une caste hypocrite autant que factieuse,
Je suivrais pas à pas la marche ambitieuse.

J'adresserais un hymne à ces infortunés,
Jeunes, charmans, ensemble à l'échafaud traînés.

2*

Je peindrais dans le deuil, de tous abandonnée,
Sur l'urne de Berton ma patrie inclinée.
Je flétrirais un prêtre, apôtre des bourreaux,
S'avançant pour troubler les cendres d'un héros;
De ses derniers momens burinés par l'histoire,
Cherchant à lui ravir la trop funeste gloire;
Et ministre d'un dieu, choisi par l'éternel
Pour vouer au malheur un culte solennel,
S'écrier: ce Berton, oui je l'ai vu moi-même,
Un instant a pâli près de l'heure suprême.

C'est trop long-temps gémir sous un sceptre exécré:
Dans presque tous les cœurs s'éteint le feu sacré :
Qu'il renaisse plus pur; tombent le fanatisme,
Les superstitions, ce honteux despotisme
Veuf du magique éclat qui l'avait ennobli,
Où les droits les plus chers sont tous mis en oubli.

ÉPITRE

A

L'ABBÉ DE MONTGAILLARD.

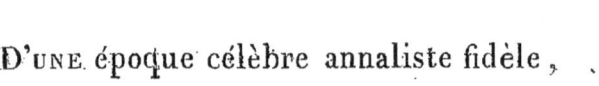

D'une époque célèbre annaliste fidèle,
Tu pris en écrivant Tacite pour modèle ;
Publiciste profond, patriote éclairé,
    Par la vertu même inspiré,
Ni flatteur du pouvoir, ni flatteur populaire,
Tu veux pour tous des lois l'égide tutélaire.

Dans leurs vœux les plus chers, plains les Français trompés,
En butte à mille maux, de mille coups frappés ;
Les uns bravant la mort par un dédain superbe
Et d'autres par faiblesse et par légèreté ;
    De plus d'une riche cité
    Les murs ensevelis sous l'herbe.

    Flétris la bassesse et l'orgueil ;
    Exhume la cendre abhorrée
Des plus lâches bourreaux descendus au cercueil.
La poussière de l'homme est sans doute sacrée ;

Mais le brigand, mais l'oppresseur,
Sous le marbre endormis rachètent-ils leurs crimes?
Le sang d'innombrables victimes
Appelle trop l'arrêt vengeur.

L'historien, dit-on, doit écrire avec calme.
Eh! qui donc de l'histoire a su cueillir la palme?
C'est Tacite indigné, déroulant sous nos yeux
De l'âme des tyrans les replis ténébreux.

De la vertu modeste exalte l'héroïsme;
Mais perce de traits acérés
Ces singes du patriotisme,
N'employant des noms adorés
Que pour mieux déguiser leur soif de despotisme.

L'un proconsul farouche, ô sainte liberté!
Immolait chaque jour aux pieds de ta statue
Les pâles habitans d'une ville abattue
Sous le joug le plus détesté.

Pourtant, (mais à qui l'apprendrai-je?)
Cet homme sans pitié, le dernier des mortels,
Qui, de l'ombre des autels,
Prêtre apostat et sacrilége,
Passa dans le parti de novateurs cruels,

Vint plus tard,en rampant,baiser la main d'un maître,
    Envers lui fut ingrat et traître,
Et servit les Bourbons, eux qu'il avait proscrits,
    Voués à l'opprobre, au mépris.

Malgré tant de forfaits, de marques infamantes,
Ces mains,ces mêmes mains de sang toutes fumantes.
Qui changèrent Toulon en de tristes débris
Et livrèrent au feu jusqu'aux pieux abris
    Où l'on recueille la souffrance,
Dirigèrent long-temps le vaisseau de l'État.
Il fut, dit-on, habile : ah! plutôt l'ignorance
Que le talent qui jette un si funeste éclat.

L'autre, vil égoïste, à mille lois injustes
    Constamment imprima son nom ;
Constamment revêtu de fonctions augustes,
    Il bravera l'opinion.
    Esclave de ce vice infâme
Qui d'un pur sentiment éteint la douce flamme,
Dans de honteux plaisirs le barbare est plongé.
Quel cercle de flatteurs autour de lui rangé !
Et, quand la mort viendra frapper ce Sybarite,
    Ce républicain hypocrite,
A ses restes impurs on rendra des honneurs !
    Que d'éloges empoisonneurs

On ait, de son vivant, rassasié l'idole,
Je le conçois ; mais, lorsque abandonnant son rôle,
    Le coupable puissant n'est plus,
Quelle sanglante injure à la raison publique
    Que le menteur panégyrique
Du plus vil favori de l'aveugle Plutus ! . . .

Ainsi donc le méchant tout couvert d'infamies,
Même après le trépas trouve des voix amies,
Sait encore inspirer des chants adulateurs !
Ah ! trop souvent, celui qui va sécher les pleurs
Que répand en secret l'infortune timide,
    N'a point cet appareil splendide,
    Lorsque dans la tombe il descend ;
Mais il laisse un nom pur, honorable, innocent ;
On baise avec respect son marbre funéraire,
Et d'un pied dédaigneux on foule la poussière
    De l'ennemi du genre humain.

    Poursuis, éloquent écrivain,
Le cours de tes portraits. A leur âpre énergie,
On sent que des vertus la divine effigie
    Etait présente à tes regards.

Peins les Français, rangés sous divers étendarts,
De leurs cruelles mains déchirant leurs entrailles,

Le char de mort roulant au sein de nos murailles;
Les proscripteurs tombant, l'un par l'autre égorgés.

Vous, parmi les méchans par faiblesse engagés,
Que je vous plains! lancés dans la fatale arène,
A la voix des meneurs, à leur voix de syrène,
Vous connûtes le mal, dociles instrumens;
Mais votre conscience eut du moins des tourmens;
Vos pleurs ont expié vos erreurs déplorables.
C'est vous, hommes affreux, vous, cœurs inexorables,
Qui froidement tramiez de sinistres complots,
Par qui le plus pur sang ruisselait à grands flots;
Vous, rhéteurs impudens, de couleurs sophistiques
    Parant le mensonge effronté,
    Et donnant à des lois iniques
    L'apparence de l'équité;
C'est vous, dis-je, vous seuls, honte de la patrie,
Dont l'horrible mémoire est à jamais flétrie.

    Effrayante immobilité!
   Quoi! chacun tremble et se résigne?
Et tout se tait devant d'insolens plébéiens?
   D'où vient cette faiblesse insigne?
O, Français malheureux, ô mes concitoyens!
C'est que, d'une profonde et longue léthargie,
Vous tombâtes enfin dans les transports brûlans,

Dans les convulsions de la démagogie ;
  C'est que, légers et turbulens,
Vous connûtes bien peu ce courage tranquille
Qui ne redoute point un injuste pouvoir,
Qui n'obéit qu'aux lois, ne voit que le devoir,
Contre qui des tyrans la fureur inutile
  Vient se briser en frémissant.

Quel spectacle à jamais sublime, intéressant !
La Chalotais, frappé de maux inénarrables,
Dans le fond d'un cachot indignement jeté ,
  Trace ces lignes admirables
Qui sauront retentir dans la postérité.

Français, de vos malheurs la cause est trop connue ;
  Peuple brillant, ingénieux,
On vous abrutissait pour vous asservir mieux.
  Sans morale, sans retenue,
Le pouvoir vous plongeait dans un sommeil fatal.
Aux misères du peuple on était insensible.
On comprimait dans lui ce principe vital,
Les civiques vertus, la flamme inextinguible
Et du patriotisme et de la liberté.

Dans ces jours de scandale et de servilité ,
On vit pourtant, on vit de mâles caractères :

Salut, vrais magistrats; salut, juges austères,
      Vous, l'honneur de l'humanité.
Console, ô L'Hopital ! la patrie éplorée ;
De Thémis, dans tes mains, la balance sacrée
Au gré des passions ne sut jamais fléchir ;
Tu plaidas en faveur de prétendus sectaires
Plongés dans les cachots, condamnés à périr
      Pour des dogmes, pour des mystères.

Poursuis, ô Montgaillard ! armé d'un fouet vengeur,
De ces chefs, de ces grands la honteuse rapine,
      Lorsqu'un mal secret et rongeur
Consumait tout l'État et hâtait sa ruine.
D'avides courtisans, des femmes sans pudeur,
Assiégeaient le monarque, ardens à le séduire ;
Par leurs lâches conseils il se laissait conduire,
Et n'imprimait à rien le sceau de la grandeur.
Aux plus pures vertus on prodiguait l'insulte ;
Du véritable honneur tous désertaient le culte.
Un prêtre fanatique, en parlant à son roi,
Appelait la vengeance au secours de la Foi ;
D'hypocrites prélats persécutaient un sage
Qui de la vérité parlait seul le langage.

Tout languit, est frappé d'inertie ou de mort.
Pour se régénérer, un faible et vain effort,

On le traite de crime et de révolte ouverte :
De notre gloire en deuil tout présage la perte ;
Des ministres tarés esclaves de Plutus ,
Des satrapes altiers sans talens, sans vertus;
Un Richelieu, l'objet du mépris le plus juste,
Présentant sans rougir, dans un asile auguste,
Une prostituée , une vile Phryné ,
Et le lit nuptial par elle profané ,
Tout est abaissement, tout est honte et dommage.

On voit de loin en loin une imparfaite image
Du pouvoir souverain ; de simples magistrats.
Prétendent remplacer nos antiques états.

Mais le peuple s'instruit ; une vive lumière
Jaillit de toutes parts ; la France est la première
Où l'on rend aux humains leurs titres égarés.
Jean-Jacque et Montesquieu, noms chéris, noms sacrés,
Soyez dans tous les cœurs gravés en traits de flamme.
De l'innocent Calas flétris le juge infâme,
Voltaire, homme prodige, esprit universel ;
Et toi, de l'Italie ornement immortel,
Brise les instrumens d'une lente torture ,
Venge l'humanité, la raison, la nature ;
Que ton livre divin, médité mille fois,
Serve à jamais de code aux peuples comme aux rois.

Louis Seize enfin règne ; avec lui quelque gloire
Renaît ; qui peut jamais effacer la mémoire
Des vertus, des bienfaits de ce nouveau Titus ?
Par lui que d'indigens et nourris et vêtus !
Que d'abus supprimés, de réformes prospères !
Nul n'est inquiété pour la foi de ses pères ;
De sages règlemens, des soins multipliés
Font fleurir tout l'État, alors qu'humiliés
Les Anglais contemplaient avec un œil d'envie
La marine française à leur sceptre ravie.

On le convoque enfin, cet éloquent sénat
Qui devait resplendir du plus durable éclat.
Là, sont tous les talens, toutes les renommées,
Et d'un civisme pur des ames animées ;
Là, brille Mirabeau, cet aigle audacieux
Qui de son vol sublime étonna tous les yeux,
Thouret, Bailly, Rabaut, et tant d'autres encore
Qui de la liberté saluèrent l'aurore.

Un vaste ébranlement à tout est imprimé ;
Le monarque est moins craint, il en est plus aimé.
Ce n'est plus, grâce aux jours de la philosophie,
Une fausse grandeur que l'homme déifie.
De celui qui disait : c'est moi qui suis l'Etat,
A disparu la gloire, et s'est éteint l'éclat.

Son despotisme altier, et le trop long scandale
Donné par un Louis, nouveau Sardanapale,
Indignèrent les cœurs. On demande des lois;
Organe de nos vœux, tutrice de nos droits,
L'assemblée a rompu de honteuses entraves;
Trop long-temps plats valets, trop long-temps vils esclaves,
Les Français sauront-ils goûter la liberté?
Ce bien si précieux est par trop acheté
Par le sang des humains, même au prix de leurs larmes;
Contre elle c'est tourner de parricides armes,
Que d'attenter aux jours du moindre citoyen;
Il n'est pour l'affermir, il n'est qu'un seul moyen,
D'être juste; et le cours de nos longues querelles
Est plein d'atrocités, d'injustices cruelles !....

 Monstres vomis par les enfers,
Arrêtez, respectez la vieillesse et l'enfance !
    Tous ces malheureux dans les fers,
    Vous les égorgez sans défense !

On a dit qu'en armant ces homicides bras,
On voulait effrayer les hordes étrangères;
C'est assigner aux faits des causes mensongères.
    Eh quoi! ces lâches scélérats,
De sicaires gagés cette faible poignée
Pouvaient en imposer à l'Europe indignée !

Dans les jours du péril se sont-ils donc montrés?
Comptaient-ils dans les rangs de guerriers invincibles?
Alors dans leur repaire ils étaient tous rentrés.
Les vrais braves eux seuls, à la pitié sensibles,
    N'avaient point d'autres aiguillons
  Que le devoir, l'amour de la patrie.
Un sentiment sacré guidait nos bataillons.

L'honneur, l'humanité, le plus brillant courage
S'étaient réfugiés sous les drapeaux français,
Tandis que des brigands, pleins d'une affreuse rage,
    Marchaient de forfaits en forfaits.

Narrateur éloquent de ces sanglantes scènes,
Dis aussi d'un parti les menaces hautaines;
D'orgueilleux courtisans d'illusions bercés;
Les funestes conseils, les vœux intéressés.
Nul motif généreux et pur ne les anime;
Ils montrent à Louis faible et pusillanime
Un précipice ouvert sous ses pieds chancelans;
Tantôt humbles, craintifs, tantôt fiers, insolens,
Ils caressent le peuple ou l'accablent d'outrages.
Sauront-ils donc plus tard conjurer les orages?
Briseront-ils les fers de l'auguste martyr?
Leur voix, pour le sauver, va-t-elle retentir?
Chez l'étranger, charmé de nos troubles funestes,
De leur grandeur passée ils porteront les restes,

Etaleront aux yeux des peuples étonnés
Leurs futiles penchans, leurs goûts désordonnés.

Enfin, pour ces proscrits un ciel plus doux se lève;
Avec combien de maux leur triomphe s'achève!
N'abuseront-ils point de biens inespérés?
Oublieront-ils les torts? seront-ils modérés?
Ah! je les vois en proie à des haines farouches,
Des menaces de mort s'échappent de leurs bouches.

Vous, cruels conseillers de mille assassinats,
Alors que le malheur s'attachait à vos pas,
Vous parliez de pitié, de morale publique;
A les fouler aux pieds votre rage s'applique!

Un de vous, à son fils, sur des bords étrangers,
Envoyait des secours, malgré mille dangers;
On l'arrête, on lui cite une loi solennelle
Par qui son action n'est plus que criminelle :
Une autre loi, dit-il, bien plus forte à mes yeux,
Prescrit de soulager ses enfans malheureux.

Pourquoi, lorsque le ciel termina vos misères,
Dictâtes-vous aussi des arrêts sanguinaires?
Quand pour les Protestans, courageux député,
D'Argenson invoquait la sainte humanité,

Vous étouffiez sa voix sous mille cris sinistres,
Et de noirs attentats excusiez les ministres.

Long-tems avant ces jours qu'aucun n'eût pu prévoir,
Un soldat sur le trône avait osé s'asseoir.
Jeune encor, couronné des mains de la Victoire,
Amant passionné de tout genre de gloire,
Dès les premiers débuts de ses nobles travaux,
Il laisse loin de lui cent illustres rivaux.
Vaste et profond génie, homme étonnant sans doute,
Qui du suprême rang sut se frayer la route.
Pourtant respecta-t-il nos franchises antiques?
Ne s'est-il point permis de crimes politiques?
Ah! du sang de d'Enghien je le vois tout fumant,
De ce jeune d'Enghien, de ce héros charmant.
D'adulateurs nombreux sans cesse il s'environne,
D'un prince en cheveux blancs il ravit la couronne.
Que d'institutions il avait à fonder!
Quels germes de bien-être il pouvait féconder!
Les haines, les fureurs semblaient s'être amorties;
Mais on manquait de lois, de fermes garanties;
La presse était esclave, et le naissant jury
Aux excès du pouvoir n'offrait aucun abri.
Privé d'indépendance il n'est plus tutélaire,
Et souvent des partis peut servir la colère,

3

Tel est le grand tableau qui, déroulé par toi,
Tantôt charme notre âme ou la glace d'effroi.
Là, les forfaits, la honte et mille flétrissures;
Ici l'intégrité, les vertus les plus pures.
Gardons des biens conquis au prix de tant de sang ;
Et, comme nation, placés au premier rang,
N'en descendons jamais ; conquérans plus paisibles,
Plus constans dans nos vœux, plus humains, plus sensibles,
Réparons les revers qui nous ont abattus ;
Du courage civil, première des vertus,
Soyons tous le modèle ; un pacte utile et sage
Nous reste ; du malheur le long apprentissage
Doit nous rendre prudens et fermes à la fois ;
Si quelques insensés voulaient saper nos lois,
S'ils osaient préluder par la fourbe ou l'outrage
Au massacre du peuple, alors soyons tout prêts,
Défendons en faisceau nos plus chers intérêts.

ÉPITRE

A

BERNARDIN DE SAINT-PIERRE.

———◆———

Apôtre de l'humanité,
Qui du pauvre et du faible embrassas la défense,
Et consacras ton éloquence
A faire triompher l'auguste vérité,
Peintre immortel de la nature,
Que sur moi tes écrits ont des charmes puissans!
Que ta touché est suave et pure!
Que tes portraits sont ravissans!

De Paul et de sa Virginie
Crayonne les chastes amours;
Dis leur vive tendresse à l'innocence unie,
La sérénité de leurs jours,
Le calme de leurs nuits; que ton pinceau magique
Sache tout embellir, fasse tout respirer;
Des plus fraîches couleurs peins la riche Amérique,
Dans tes descriptions nous y croirons errer.
C'est surtout au milieu de ses forêts profondes,
Que jusques à l'auteur des soleils et des mondes,

3*

Vole l'âme agrandie. Aux sourds bruissemens
Des ondes en courroux, au sifflement des vents,
Succèdent un long calme ou de légers murmures,
Lentement prolongés sous les voûtes obscures,
D'arbres majestueux, dominateurs des airs :
Mille accens enchanteurs, d'ineffables concerts,
Sortent souvent du sein de mobiles feuillages.
Que de sites heureux ! d'admirables images !
Là tout est imposant; là, tout à notre cœur
Dit qu'en nous du trépas quelque chose est vainqueur.

D'une touche plus rembrunie
Du sort capricieux déplore le retour.
    Modeste et fortuné séjour
Retraite sans éclat, par l'amour embellie,
Tu disparais, le ciel a frappé la vertu;
Et le sage à ces coups, muet, pâle, abattu,
    Dans la poussière s'humilie.

Que je lis, ô grand homme, avec émotion,
Ce projet d'un asile où chaque nation
De ses infortunés aurait quelques familles !
Là, sous de frais berceaux, de riantes charmilles,
On verrait des amans, des frères, des époux ;
L'œil y contemplerait les groupes les plus doux :
La négresse folâtre, avec ses bras d'ébène,

La fille du Pérou, la belle Géorgienne,
S'y suspendraient au cou du Turc silencieux,
De l'Anglais taciturne et du Français joyeux.

Tu nous donnas aussi les vœux d'un solitaire ;
Tu nous représentas, dans une humble chaumière,
Un pauvre paria tolérant, simple et bon.

Comme Jean-Jacque et Fénélon
Tu détestas la tyrannie ,
Tu te gardas comme eux de briguer les honneurs ,
Et de prostituer le plus mâle génie
En grossissant des flots d'adulateurs.
Tu n'aimas point non plus un état populaire ;
Tel aujourd'hui du peuple est le dieu tutélaire ,
Qui demain peut par lui mourir assassiné ;
Mais un cœur généreux n'en est point étonné ;
Lui-même s'est tracé sa route lumineuse ;
Glorieux de cueillir une palme épineuse ,
Il ne voit devant lui que l'immortalité ;
De la sphère élevée où son vol l'a porté ,
Il regarde en pitié les coupables pratiques
D'ambitieux tribuns , charlatans politiques.
La liberté ! sans doute elle a droit aux respects
De tout ce qui porte un cœur d'homme ;
Mais que d'hommages sont suspects !

Dans la Grèce savante et l'orgueilleuse Rome,
Combien a-t-elle vu de faux adorateurs
Du vulgaire abusé souples et vils flatteurs !

Qui sont donc les mortels dignes de notre estime ?
C'est ce noble proscrit, cette illustre victime,
Aristide, banni d'une ingrate cité,
Pour n'avoir obéi qu'aux lois de l'équité ;
L'austère Phocion, l'éloquent Démosthènes,
Immolant son repos à la gloire d'Athènes ;
C'est Thraséas bravant un monstre couronné ;
C'est Socrate surtout, ce sage infortuné.

Mais dans l'obscurité, dans l'indigence même,
N'est-il pas des humains dont la vertu suprême
Jette un éclat peut-être encor plus radieux ?
Répare à la nature un outrage odieux,
    Image de la Providence,
O saint Vincent de Paule ! ô mortel vénéré !
A l'humble repentir, au malheur, à l'enfance,
    Érige un hospice sacré ;
Tout homme à tes genoux doit tomber en silence.

Pour d'obscures vertus, quel encens a brûlé ?
    La veuve en pleurs, l'orphelin dépouillé ,
Adressent cependant leur timide prière ,

Bien moins au dur Crésus de grandeurs enivré
    Qu'au mortel sensible, ignoré ,
Qui couvre ses bienfaits des ombres du mystère.

    O doux et sage Bernardin !
Philanthrope sublime et citoyen du monde,
Tu nous as fait rougir de notre erreur profonde :
Nous osions accabler d'un orgueilleux dédain,
L'homme simple exerçant une utile industrie,
L'homme dont les travaux font fleurir sa patrie,
Et qui mérite plus notre hommage empressé
Qu'un héros destructeur à qui la flatterie
    Consacre un culte intéressé.

Au plus juste mépris tu livras les cabales
Qui s'arrogent le droit de juger le talent,
Cherchent à l'arrêter dans son essor brillant,
    A lui ravir ses palmes triomphales.

    De froids pédans, des femmes beaux esprits,
      Sans verser une seule larme,
      Avec un orgueilleux mépris,
Ecoutaient ces détails pleins d'ame et plein de charme
      Où règne un si doux coloris ;
      Ce n'était point là leur langage,
      Ces tons leur étaient inconnus.

En vain parant l'amour de charmes ingénus,
Toujours fécond, sublime et sage,
Ton goût exquis savait tout ennoblir;
De ce superbe aréopage
Tu ne sus pourtant recueillir
Que l'ironie et que l'outrage.
Mais ta gloire éclatante a bien dû l'en punir.

Sensible Bernardin! tes conseils, tes exemples,
Tendent à rapprocher les mortels malheureux;
Tu veux qu'à la concorde ils élèvent des temples,
Que son autel sacré soit embrassé par eux.

Fais voir de la vertu l'ineffaçable empreinte,
Dans le cœur des faibles humains,
Dieu même l'y gravant de ses puissantes mains;
Mais l'orgueil, l'intérêt, l'ambition, la crainte,
En altérant l'aimable pureté.

Du cœur de l'homme explique les mystères;
Il trouve un vide affreux dans la prospérité;
L'auguste sentiment de l'immortalité
Le suit au sein de ses misères;
L'immortalité, l'infini,
Des plaisirs les plus vrais sont la source secrète.

La nature a dans toi trouve son interprète;

Le ciel est par ta bouche incessamment béni,
Tu chantes à sa gloire un sublime cantique..

Dans les moindres objets s'annonce un grand dessein ;
De ce vaste univers l'homme est le centre unique ;
C'est pour lui seul que Dieu fit jaillir de son sein
Ces mondes , ces soleils dont est peuplé l'espace ;
Tous ces chaînons subtils, ton esprit les embrasse.

Eh ! quels tableaux touchans, variés, enchanteurs,
      Animés du feu du génie !
    Salut, brillant émail des fleurs,
Des ruisseaux argentés, salut douce harmonie !
      Naviguez, germes créateurs :
Salut, bosquets touffus, vous, paisibles ombrages,
Vous, asiles secrets où bien loin des orages,
Loin du choc des partis, loin d'un monde imposteur,
Habite l'innocence et règne le bonheur.

Va jusque sous le dais faire pâlir le crime,
Prends s'il se peut alors un ton plus solennel,
O Bernardin ! fais voir que l'arbitre éternel
Frappe enfin l'oppresseur et venge la victime.

Du bonheur des méchans affligé comme toi,
    J'interrogeais avec effroi

Les fastes sanglans de l'histoire ;
Mais les tyrans brillans, mais les tyrans sans gloire,
Etaient-ils donc heureux entourés de bourreaux !
Sous des rideaux de pourpre avaient-ils le repos ?
  Non, je ne puis jamais le croire ;
  Les opprimés ont un vengeur.
Le terrible remords, ainsi qu'un ver rongeur,
Dans le sein de Néron avec lenteur se glisse ;
Du fils de Charles-Sept, voyez le long supplice :
Après s'être baigné dans le sang des mortels,
Il court se prosterner aux pieds des saints autels ;
Implacable, il invoque un Dieu plein de clémence,
Le monstre ! il ose même, il ose en sa démence,
Pour un reste de vie abject et détesté ,
Importuner ce ciel qu'il a tant irrité.

  Avec quelle mâle énergie,
De ce même burin qui flétrit les tyrans,
Tu rappelles aussi de la démagogie,
  Les souvenirs trop déchirans !

  Tâchons de préserver notre âme
  De tout enthousiasme vain,
J'aime la liberté, ce nom chéri m'enflamme ;
Mais je ne la veux pas au prix du sang humain;
Je veux qu'à son élan réglé par la prudence,

On reconnaisse un peuple éclairé, vertueux,
  Et ne prends point pour de l'indépendance
D'un zèle immodéré l'essor impétueux.

O Bernardin ! tandis que de lâches sicaires
Foulaient aux pieds toutes les lois,
     Toi dans tes courses solitaires,
Peignais en traits de feu le modèle des rois ;
    Plaignais nos erreurs déplorables ;
    Montrais aux yeux inattentifs
  De ce grand tout les rapports admirables ;
Offrais à la vertu de sublimes motifs
    Et consolais les misérables.
Tu te conservas pur et tu mourus en paix.
Alors que du chagrin les nuages épais
Obscurcissent mon front, ou que de noirs orages
S'élèvent dans mon cœur, je relis tes ouvrages.
Adorable écrivain, dans un coin ignoré
Tu reposes ; ton nom en est-il moins sacré ?
D'un mortel vertueux, ah ! la froide poussière,
Dans un simple cercueil, dans une urne grossière
Arrête plus nos yeux, force plus au respect
Que tous ces grands tombeaux dont l'odieux aspect
Semble nous dire : *Ici repose un riche avare,*
Un assassin illustre, un conquérant barbare.

ÉPITRE

A

J. - J. ROUSSEAU.

O toi dont les écrits parlent de près au cœur,
D'odieux préjugés, toi l'éloquent vainqueur,
Jean-Jacques! ne crois point qu'aveugle enthousiaste
J'admire tout en toi : quand proscrivant le faste,
Tu voudrais le bannir des modernes cités,
De l'ignorance alors que par toi sont vantés
Les prétendus bienfaits, je ne puis que te plaindre :
C'est en vain que ta plume anime tout, sait peindre,
De magiques couleurs a l'art de tout parer,
Des sophismes brillans ne sauraient m'égarer.

Le Ciel te départit un esprit vaste et ferme,
Des plus rares talens y déposa le germe ;
Mais errant, misérable et partout repoussé,
L'infortune faillit, de son souffle glacé,
Eteindre dans ton sein la flamme du génie.
Des besoins renaissans la dure tyrannie,
Te força d'embrasser plus d'un état abject;

Tu m'en inspires plus de pitié, de respect :
Le mérite est toujours en raison de l'obstacle.

Quand de l'oppression, le déchirant spectacle,
Jeune encor t'eut saisi d'un vertueux courroux,
Tu promis, tu juras de combattre pour nous,
Nous, que la royauté trop aisément oublie,
Lorsque de sa puissance elle est enorgueillie !

Admirateur outré des antiques États,
De leurs divisions les tristes résultats,
Ne frappent point tes yeux; mais après tout qu'était-ce
Que cette liberté de Rome et de la Grèce ?
Un vain nom ; et le peuple ardent, passionné,
Par d'adroits factieux était toujours mené.
On offrait à ce peuple une trompeuse amorce ;
Partout la perfidie et l'abus de la force.

C'est que la liberté n'est qu'une illusion,
Où règnent la discorde et la confusion ;
Oui, l'on n'a de patrie et l'on n'est vraiment libre
Qu'où l'on voit des pouvoirs un heureux équilibre.
Etait-il dans Athène, à Sparte? ah! dans leurs murs,
Que de fermens de trouble et de levains impurs !
Là, le patriotisme est un sentiment sombre ;
D'Ilotes malheureux on suppute le nombre ;

S'ils peuvent un instant inspirer de l'effroi,
On les livre à la mort; ainsi le veut la loi.
De ce patriotisme exclusif et barbare,
Quel immense intervalle aujourd'hui nous sépare !

Ici, près d'un sénat avide, ambitieux,
Un peuple turbulent, des tribuns factieux,
Vaste tableau d'horreurs, de crimes, de misères.

L'un pour l'autre, ô mortels! vous êtes solidaires.
Par un soupir du faible indignement foulé,
Le Monde quelquefois, le Monde est ébranlé.
Le Ciel, des fers que traîne un misérable esclave,
Rive un chaînon au cou du tyran qui le brave,
Et le crime avec lui porte son châtiment.

O Brames ! je vous vois encenser follement
Mille divinités, produit d'un vain délire :
Par la seule terreur que leur image inspire
Vous gouvernez le peuple; et vous plus malheureux,
Esclaves d'hommes vils et superstitieux,
O prêtres insensés! il faut que dans les flammes
Expirent vos enfans, vos mères et vos femmes !

D'un nouveau continent barbares destructeurs,
Quel prix avez-vous eu de toutes vos fureurs ?

L'Être éternel permit, dans ses arrêts suprêmes,
Que chez l'Américain vous déchirant vous-mêmes,
Vous montrassiez aux yeux de ce peuple étonné,
De vos divisions le fruit infortuné.

Tout despote subit la peine due aux crimes;
Vainement entassant victimes sur victimes,
Il croit n'être entouré que d'esclaves tremblants ;
Cent mille bras sur lui levés en même temps,
Attendent pour frapper le jour, l'heure propice :
Est-il un seul moment que son cœur ne frémisse ?
Point de tranquilles nuits, jamais de jours sereins ;
Il ne voit que poignards, ne rêve qu'assassins,
Et dans des mets exquis, dans des vins délectables,
Tremble qu'on n'ait mêlé des poisons redoutables.

Don Miguel, Ferdinand, sur des monceaux de morts,
S'ils ne ressentent pas la pointe du remords,
D'un peuple au désespoir redoutent la colère ;
Eh ! qui peut arrêter le torrent populaire ?
Il brise, entraîne tout : quel bras est assez fort,
Pour le faire rentrer dans le lit dont il sort ?

Il s'éteint ce vieux roi, tel que l'affreux Tibère,
Caché dans son palais, farouche et solitaire;
Dévoré par la rage, il s'éteint lentement.

Maigre, pâle, sans force, au bord du monument,
Il veut paraître encor tenir d'une main ferme
Son sceptre vacillant; près de ce dernier terme,
Il tremble au souvenir de son règne de sang,
De ce sang dont le lâche épuisa notre flanc.
Carbonneau, Tolleron, Pleignier, Berton, Bories,
Armés de feux vengeurs et du fouet des furies,
Apparaissent aux yeux du monstre couronné;
De spectres menaçans il est environné :
Il entend retentir le funeste anathême,
Et la crainte a brisé l'orgueil du diadême.

Que tu peins à grands traits, sous de vives couleurs,
Le despotisme, ainsi qu'un serpent sous les fleurs,
Rampant, cachant sa marche, et bientôt, fier, terrible,
Les yeux étincelans, levant sa tête horrible!

De l'homme avec fierté tu proclamas les droits;
Le peuple est souverain, existe avant les rois;
De lui, tu le prouvas, tout pouvoir prend sa source.
Que ne puis-je te suivre en ta rapide course,
D'un œil d'aigle sondant toutes les profondeurs
D'une science, objet des veilles, des ardeurs
D'esprits vastes guidés par la philanthropie !
Mais ne tracèrent-ils qu'une belle Utopie?
Eh! quelle absurdité, que le peuple en tremblant

4

Se soumette aux décrets d'un despote insolent,
Que des riches oisifs, tout bouffis, d'arrogance,
De l'Etat appauvri dévorent la substance,
Et que le producteur, l'homme laborieux,
Soient exclus d'un partage inique, injurieux!

C'est ce que prétendait un monarque stupide,
Exemple pour les rois par sa chute rapide.

Si tu pouvais sortir des ombres du tombeau,
Que tu te trouverais dans un monde nouveau!
A l'admirable élan d'un peuple fier et libre,
Au-dessus de la Grèce et du peuple du Tibre,
Ton cœur applaudirait: dans de mâles écrits,
Tu couvrirais de honte et d'éternels mépris
Ces hommes sans pudeur, sans foi, sans conscience,
Ces sophistes diserts, à la fausse science,
Vendus à tout pouvoir, vils calomniateurs,
Des plus grands citoyens odieux détracteurs;
Mais à ce peuple brave, à ce peuple sensible,
S'élançant au combat tel qu'un lion terrible,
Sans armes et sans chef, au cri de liberté,
Renversant dans trois jours un trône ensanglanté,
Respectant les vaincus, calme après la victoire,
Dédaignant un or vil, ne prisant que la gloire,
A ce peuple étonnant, ce peuple de héros

De lui-même étanchant le sang de ses bourreaux,
Que tu décernerais d'éloges et d'hommages !!

D'illustres orateurs les sublimes images,
Sauraient t'électriser, feraient battre ton sein.

La Tribune française est fière de Mauguin.

Par d'éloquens discours pleins de force et pleins d'ame,
Contre un code barbare à chaque instant réclame
Ce sage, ce savant, ce digne citoyen,
De la cause du peuple intrépide soutien.

Un autre à tout le feu de l'ardente jeunesse
Joint la maturité de la froide vieillesse.
Que j'aime ses accents si nobles et si purs !
Quel a plus de candeur, des principes plus sûrs ?

Salverte le seconde, et patriote austère,
Chaque jour développe un plus beau caractère.

Pour remplir ses devoirs, pour mieux servir l'Etat,
Dupont fuit les honneurs, abdique un vain éclat;
Aristide moderne, et dans qui l'on révère
La rigide vertu, la probité sévère.

De l'art de la parole effet prodigieux !

Avec un saint respect, un soin religieux,
Chacun d'un nouveau Foy recueille la pensée,
Elle va réchauffer l'âme la plus glacée.
De ses mâles discours j'aime la profondeur ;
Il ne sait point ramper aux pieds de la grandeur.

Ainsi, Rousseau, jamais la basse flatterie
N'approcha de ton âme à la vertu nourrie.

C'est à toi de saisir l'homme dès le berceau ;
De l'offrir à nos yeux sous un aspect nouveau ;
En naissant entouré d'entraves ridicules,
Plus tard imbu d'erreurs, de mille vains scrupules,
Ce n'est plus l'être pur, l'être libre en un mot,
Sorti des mains de Dieu : souffrir, voilà son lot,
Il fut jusqu'au cercueil soumis à l'infortune ;
D'un caractère fort, d'une ame peu commune,
Armons-le donc, afin qu'il sache résister.
Mais dans un jeune cœur commençons par jeter
Des civiques vertus la semence féconde ;
Qu'il porte à l'arbitraire une haine profonde,
Qu'il respecte toujours l'auguste vérité,
Qu'il fasse tout pour elle et pour la liberté ;
Avec le despotisme et son affreux cortège,
Point de complicité, de pacte sacrilège.

Pour former de l'enfant, un homme, un citoyen,
Le bon sens nous indique un facile moyen;
Qu'il possède un état, une utile industrie,
Que dans un sort obscur il serve la patrie;
Celui qui ne fait rien n'en est que le rebut,
Et tous de leurs talens lui doivent le tribut.

Tu traças leurs devoirs aux épouses, aux mères;
Sur un coupable oubli que de plaintes amères!
Que de nobles accents par le cœur inspirés!
Eh bien! tous ces devoirs si doux, si vénérés,
Tu les as méconnus; barbare inconséquence!
L'ami de la faiblesse et celui de l'enfance,
Abandonne les fruits d'un hymen malheureux.

Tu tremblais, ô Rousseau, qu'un destin rigoureux,
Ne frappât comme toi d'innocentes victimes!
Eh bien! en supposant tes craintes légitimes,
Devais-tu, les livrant à des soins étrangers,
Les exposer au vice, à mille affreux dangers?
Hélas! peut-être un jour loin d'une main amie,
N'auront-ils que deux choix, la mort ou l'infamie..!

Que j'aime ton vicaire et simple et tolérant!
Quel langage onctueux et quel ton pénétrant!

4*

Que ne puis-je à jamais, oui, que ne puis-je taire ,
Ce que fit contre toi, ce qu'écrivit Voltaire ?
Sur ces tristes débats jetons un voile épais,
Entre de grands talens devrait régner la paix.
Tu respectas du moins les écarts du génie ;
A l'outrage, à des vers remplis d'acrimonie,
Tu ne répondis point , calme avec dignité ,
Un seul mot offensant par la haine dicté.
Lorsque la France entière, étonnée, attendrie ,
De l'homme qui le plus honora la patrie
Voulut que le ciseau reproduisît les traits ,
Malgré qu'il t'eût frappé de mille et mille traits ,
Tu vins un des premiers déposer ton offrande.
Voltaire eut moins que toi, l'âme sensible et grande.

Dans nos sanglans débats, dans nos jours orageux
Sans doute , député fidèle et courageux ,
On t'aurait vu lutter contre la tyrannie,
Avec cette chaleur que donne le génie.

Sans doute aussi victime en ces momens affreux,
Dupe de sentimens humains et généreux,
Sous la hache fatale aurait tombé ta tête.
Eh ! qui pouvait alors conjurer la tempête ?
Toutes les passions bouillonnaient parmi nous;
Mille besoins nouveaux , mille intérêts jaloux ,

Le Clergé, la Noblesse, instrumens de ruine,
Allumant les flambeaux de la guerre intestine...

Tu ne vis point ces maux et tous ces longs excès,
De principes rivaux déplorable procès.

Moins ardent, détrompé de vagues théories,
Vers des opinions plus calmes, plus mûries,
Tu parus incliner, et marchant à pas lents,
Craindre pour les États des chocs trop violents;
Mais il est quelquefois de tristes conjonctures
Où le peuple soumis à de longues tortures,
Se lève et frappe au cœur d'exécrables tyrans.
En butte à mille affronts, menacé de plus grands,
On se rit de ses maux, de plaintes impuissantes,
Et l'on charge ses mains de chaînes flétrissantes.

Le peuple ! c'est pour lui ! c'est pour la liberté
Que tu bravas l'exil, les fers, la pauvreté.
Presqu'en naissant en butte à la triste indigence,
Ah! tu devais du peuple embrasser la défense !

Que de fois visitant l'habitant des hameaux,
D'hommes trop dédaignés tu soulageas les maux !

Un jour dans ces beaux lieux, ces campagnes fleuries

Où seul tu promenais tes nobles rêveries,
Une femme te suit les yeux baignés de pleurs ;
Mourante sous le faix des ans et des douleurs,
Sans asile, sans pain, dans sa misère extrême
Elle maudit le jour, accuse le Ciel même.
Tu lui rends le courage et par des soins touchans
Adoucis ses chagrins, consoles ses vieux ans.

Le premier tu fermas les yeux à la lumière ;
On déposa ta cendre en un lieu solitaire,
Sous un feuillage épais, loin des profanes yeux !
Là, repose celui qui fut si malheureux,
Qui mérita le sort le plus digne d'envie,
L'auteur, l'illustre auteur d'Émile et de Julie.

La pauvre villageoise en ces paisibles lieux,
Avant que de l'aurore eussent brillé les feux,
Courait assidûment, éperdue, éplorée ;
Elle se prosternait sur ta tombe sacrée ;
Là, seule et recueillie, à l'ami des vertus,
De sa reconnaissance elle offre les tributs ;
Des larmes et des fleurs, telle était son offrande :
C'est l'unique, ô Rousseau, que ton ombre demande !

Un vil prêtre s'avance indigné, furieux ;
« Malheureuse, dit-il, vous offensez les cieux,

» Fuyez loin du tombeau d'un hérétique infâme ,
» Et craignez d'exposer le salut de votre âme.
» J'ignore, répond-elle, et ne veux point savoir
» Quelle fut sa croyance ; il me rendit l'espoir,
» Il ferma sous mes pas le plus affreux abîme ;
» (Peut-être le malheur m'eût-il conduite au crime;)
» Homme injuste, inhumain, qui souillez les autels,
» Ah! laissez-moi pleurer le meilleur des mortels!»

Sans faste, sans orgueil, sans un vain étalage ,
De mérites divers quel heureux assemblage !
Publiciste admirable, éloquent prosateur ,
Des plus nobles sujets atteignant la hauteur ,
Romancier plein de charme, habile moraliste ,
Toujours peintre fidèle et brillant coloriste.

Qui n'a lu mille fois, plein d'attendrissement,
Cette Héloïse où règne un si doux sentiment ?

O bosquets de Clarens, rochers de Mieillerie,
Où Saint-Preux a porté sa vague rêverie !
O sacrés monumens des anciennes amours,
Que vous avez charmé mes rapides beaux jours !

Cette imagination vive et passionnée,

O Jean-Jacque, a rendu ta vie infortunée !
Tu te plaças toujours dans un monde idéal ;
D'un esprit inquiet, un préjugé fatal
Te fit voir dans chaque homme un ennemi...Peut-être,
Ce sentiment dans toi quelquefois a dû naître ;
Mais, et par Diderot et par Hume trahi ,
Pourquoi du genre humain te croire encor haï ?

Combien rendaient hommage à ta vive éloquence,
Respectaient, admiraient ta fière indépendance !

On ne te vit jamais, servile adulateur,
De ton libre génie abaisser la hauteur :
Différent de Voltaire ; une molle faiblesse
Le fit de ses talents dégrader la noblesse ;
Il encensa Dubois, et d'un vil Richelieu,
De ce plat courtisan, il a fait presqu'un Dieu.
Il loua Frédéric avec idolâtrie,
Lui qui des Jagellons partagea la patrie ;
Aux pieds de Catherine il brûla de l'encens,
Prostituant sa muse aux coupables puissans :
Pardon, vous saintes lois, vous qu'ils ont violées,
Vous victimes par eux lâchement immolées.

Montesquieu n'était plus ; cet éclatant flambeau
S'était trop vîte éteint dans la nuit du tombeau.

Le chantre de Henri, notre étonnant Voltaire,
Après que de son nom il eut rempli la terre,
Avait laissé la France et les Lettres en deuil,
La France dont il fut l'ornement et l'orgueil.

Seul tu restais; de toi ce n'était plus que l'ombre;
Une tristesse amère, un chagrin morne et sombre
T'accablaient; ton esprit, de tout désenchanté,
Jetait de loin en loin une pâle clarté;
L'auteur d'Émile enfin survivait à lui-même!
Bientôt, hélas! il touche à son heure suprême;
A la nature il fait les plus touchans adieux,
Avec ravissement, d'un soleil radieux
Bénit les doux rayons, et calme sans murmure,
Exhale vers le Ciel son âme noble et pure.

FIN.

www.ingramcontent.com/pod-product-compliance
Lightning Source LLC
Chambersburg PA
CBHW071251210626
46818CB00013B/845